Isabel Lopez-Kubben

Wenn aus Leben Liebe wird

MASOU-Verlag

Das Buch

Der Verlust eines Kindes ist schmerzhaft – ob dieses Kind nun schon das Licht der Welt erblickt hat oder noch nicht geboren war.
Isabel Lopez-Kubben greift in ihrem Buch „Wenn aus Leben Liebe wird" dieses Thema sehr einfühlsam auf und zeigt trauernden Eltern Möglichkeiten auf, wie sie trotz Verlust weitermachen und dennoch auf sich selbst achten können. Von praktischen Tipps bis hin zu energetischen Ansätzen finden Betroffene in diesem Buch eine wertvolle Sammlung, die sie durch diese schwere Zeit begleiten kann.

Die Tipps in diesem Buch wurden von der Autorin sorgfältig ausgewählt und in der Praxis getestet. Jedoch kann keine Garantie für ihre Wirksamkeit im individuellen Einzelfall übernommen werden.
Folglich ist eine Haftung der Autorin und des Verlages für Personen-, Sach- oder Vermögensschäden ausgeschlossen.

Erstausgabe 2018
Taschenbuch
MASOU-Verlag UG

Umschlagild: Susanne Auinger www.herzlichkreativ.at
Illustrationen: freepik.com Bearbeitung: www.blubbb.at
Inhalt und Text: Isabel Lopez-Kubben, mit Unterstützung von Ing. Lisa Keskin
Druck: Online-Druck GmbH & Co. KG
ISBN: 978-3-944648-25-5

Isabel Lopez-Kubben im Web: www.lebenskunst-isabel.at

Gewidmet
meinem Sternenkind Tamara
meinen beiden Kindern Leandro & Lucia

Jedes Leben
– egal wie kurz oder wie lang – ist wertvoll.
Der Wert und die Vollkommenheit einer Erfahrung lassen sich nicht an ihrer Länge messen!
(Elke Sohler)

Dieses Buch widme ich allen Müttern, aber besonders jenen, die ihr Kind nie kennenlernen durften, es nie im Arm halten konnten, es nicht aufwachsen sehen können. Den Müttern der Sternenkinder und auch den Vätern. Denn Männer leiden genauso unter dem Verlust ihres Kindes, wenn auch anders.
Und ich widme es all jenen Kindern, die niemals das Licht der Welt erblicken durften – in diesem Leben.

Isabel

Pusteblumensamen

Der Wind trägt deine Seele leis´, wie Pusteblumensamen ...
Bist Teil in einem ew´gen Kreis.
Ich kenne deinen Namen.

Ich kann dich fühlen, kann dich spüren, doch du fliegst dort im Wind.
Lässt dich auf sanfte Weise führen ...
Du bist mein Sternenkind.

Doch eines Tages kommst du wieder, als Samenkorn in Erd´ gelegt,
lässt du dich hier auf Erden nieder, wo deine Seele Früchte trägt.

Es trägt der Wind dich leis´ hierher, wie Pusteblumensamen ...
Mir ist mein Herz nun nicht mehr schwer.
Ich kenne deinen Namen.

Das Geburtsdatum eines Kindes ist nicht der Geburtstag und auch nicht der Tag seiner Zeugung, so heißt es in einem afrikanischen Stamm. Es ist der Tag, an dem das Kind der Mutter erstmals als Gedanke erscheint. Und wenn diese Frau sich entschließt, dieses Kind zu empfangen, geht sie aus dem Dorf hinaus und lauscht. Sie lauscht so lange in sich hinein, bis sie das Lied ihres Kindes empfängt, das durch sie geboren werden will.

(Verfasser unbekannt)

Jedes Leben ist wertvoll

Ob geplant oder ungeplant, eine Schwangerschaft bringt immer Aufregung mit sich. Eine spannende Zeit beginnt. Die einen freuen sich zuerst nur zaghaft, andere wiederum springen voll Freude ins neue Abenteuer. In freudiger Erwartung, guter Hoffnung sein, sagt man auch. Doch wenn diese Hoffnung zerplatzt wie eine Seifenblase, dann ist das ein herber Schlag.

Tiefe Traurigkeit, Hilflosigkeit oder auch Wut machen sich breit. Ein immenser Schmerz, den selbst sehr nahestehende Menschen nicht immer verstehen können. Denn für Außenstehende ist die Schwangerschaft noch nicht wirklich real gewesen, denn man hat ja noch nichts gesehen. Zumal viele Frauen aus der Angst heraus, das Kind zu verlieren, vor der 12. Schwangerschaftswoche niemandem davon erzählen. Sehr oft führt diese Verschwiegenheit dazu, dass sie sich auch im Falle einer Fehlgeburt niemandem anvertrauen können oder wollen.

Es gibt viele Arten, wie ein Herz brechen kann: mit einem lauten Knall, mit einem kleinen „Pling“ oder lautlos und vorerst unbemerkt.

Doch auch wenn es einem oft zuerst nicht bewusst wird, dass das Herz einen kleinen Sprung bekommen hat – weh tut es trotzdem. Vielleicht nicht sofort, sondern erst später, viel später. So war es bei mir. Und es dauerte sehr lange, bis ich mir selbst erlaubt habe zu trauern.

Ein Hauch von Leben

Da war es wieder, dieses Gefühl … jedes Mal, wenn ich in mich hineinspürte, musste ich lächeln. Etwas hatte sich in mir verändert. Seit ich eines Abends im Halbschlaf das Bild eines Mädchens sah und den Namen „Tamara“ hörte, wusste ich, was los war.
Ich hatte das deutliche Gefühl, dass Tamara durch mich geboren werden wollte. Und obwohl dieser Zeitpunkt sehr ungünstig war, ein Kind zu bekommen, konnte ich nicht anders, als mich vorbehaltlos zu freuen.

Schnell hatte ich nach dieser nächtlichen „Vision“ einen kompletten „Notfallplan“ im Kopf, wie ich mein Kind auch alleine bekommen und aufziehen konnte und ich war überrascht darüber, wie klar ich war.

Ich arbeitete damals in einem Pflegeheim und mir fiel auf, dass ich beim Heben von Patienten und anderen schweren Arbeiten ganz unbewusst wesentlich mehr auf mich achtete. Ich war auf dem Weg, Mutter zu werden, und mein Herz war voller Freude!

Doch dann kam dieser eine Tag. Mir war den ganzen Tag schon unwohl und ich fühlte mich sehr unruhig und nervös. Und dann passierte es: Ich hatte eine plötzliche und sehr starke Blutung. Vielleicht doch eine normale Menstruationsblutung, dachte ich. Vielleicht hatte ich mir alles nur zusammengereimt? Ein genauerer Blick zeigte mir, dass das nicht der Fall war.
Ich ging zum Arzt, und der bestätigte mir, was ich ohne-

hin schon wusste: Ich hatte mein Kind verloren. Der Arzt fragte mich, ob mir das schon einmal passiert sei, und ohne mir die Zeit für eine Antwort zu geben, sprach er gleich weiter. „Ich verschreibe Ihnen am besten Folsäure, damit das Baby beim nächsten Mal hält!"

Ich war wie vor den Kopf gestoßen. Was sollte das heißen? Dass das Baby hält? Die Belehrungen des Arztes hörte ich nur ganz dumpf.

So etwas wie ein verlorenes Kind hatte in meiner Vorstellung bis dahin gar keinen Platz gehabt. Fehlgeburt war etwas, das in meinem Wortschatz bisher nicht vorgekommen war, etwas, das nur anderen passierte. Und was sollte „Fehlgeburt" überhaupt bedeuten? Wo war der Fehler? War ich es? Ich fühlte mich unglaublich leer und allein gelassen. Schon so sehr hatte ich mich an dieses kleine Wesen gewöhnt. Ein Hauch von Leben … kaum da, war Tamara auch schon wieder weg. Und mir war, als fehlte ein Teil von mir.

Immer wieder kam es vor, dass ich nachts aufwachte und das Baby suchte, das Gefühl der Schwangerschaft, bis mir wieder schmerzlich klar wurde, dass da nichts mehr war. Eine große Leere und Traurigkeit machte sich in mir breit. Dem Vater erzählte ich damals nichts. Aus irgendeinem Grund erschien mir das zu dem Zeitpunkt nicht richtig. Mein Gottvertrauen ist unerschütterlich und das half mir in jener Zeit. Ich spürte, dass alles einen Sinn hat und keine Seele verloren geht. Und so fühlte ich mich im Frieden damit. An manchen Tagen spürte ich eine Art Sehnsucht, doch diese war meist von kurzer Dauer, da ich in diesen Tagen sehr viel um die Ohren hatte. Ich glaube, ich habe mir die Tage damals einfach unbewusst vollgeladen, um nicht nachdenken zu müssen. Genauso unbewusst begab ich mich allerdings auch immer wieder in Situationen, in denen Reibung entstand, um mich selbst überhaupt spüren zu können. Und irgendwann vergaß ich den Verlust – so dachte ich zumindest – und das Leben ging weiter.

Tamara. Nur für kurze Zeit ist sie da gewesen, in meinem Leben, in meinem Körper, und doch ist eine Schwangerschaft für uns Frauen die intensivste Verbindung, die es gibt. Und da ist es gleichgültig, wie lange es dauert. So nah wie ihr Kind kommt niemand an eine Frau heran. Es liegt in ihr und hört ihren Herzschlag von innen.
Ich war zu keinem Zeitpunkt wütend oder machte mir Vorwürfe, denn ich wusste, alles hat einen Sinn.

Und die Zeit verging. Doch Zeit allein heilt keine Wunden. Was wir in dieser Zeit tun, ist ausschlaggebend für unsere Heilung.

Neues Glück

Die Jahre gingen ins Land und ich lernte meinen wunderbaren Mann kennen, meinen Herzensmenschen. Vom ersten Augenblick des Kennenlernens an war es mit uns so einfach, so leicht. Und schnell waren wir uns einig, dass wir Kinder haben wollten. Für uns war alles einfach nur stimmig. In jedem Augenblick. Ich gab unseren Kinderwunsch „nach oben" ab, mit der Einstellung: Wenn Kinder kommen möchten, sind sie willkommen, wenn nicht, ist das auch in Ordnung.
Auch diesmal spürte ich wieder die Seele eines Kindes. Und diesmal war es nicht nur ich, auch mein Mann spürte sie.

Vier Wochen später wurde ich schwanger. Die Freude war unglaublich groß, die Angst mindestens ebenso. Angst? Das kannte ich von mir überhaupt nicht. Denn ich bin von Natur aus ein sehr vertrauensvoller Mensch, und diese Unsicherheit und Sorge war für mich völlig neu.

Damals habe ich diese Gefühle zu keinem Zeitpunkt mit dem Verlust meines ersten Babys in Verbindung gebracht. Die Schwangerschaft verlief ohne Komplikationen, außer dass das Baby nicht mit dem Kopf nach unten lag. Aber das konnte sich, wie uns gesagt wurde, jederzeit ändern. Wir planten eine Hausgeburt und waren trotz meiner Sorgen voller Vorfreude. Doch das Baby drehte und drehte sich nicht. Trotz aller Versuche und liebevollen Zuredens. Also mussten wir unsere Pläne für die Geburt umwerfen. Ich war traurig darüber – hatten wir uns ja schon auf eine Hausgeburt eingestellt. Wir suchten uns also eine Klinik,

die Steißlagen-Geburten durchführte. Einen Tag vor dem Geburtstermin jedoch erfuhren wir im Krankenhaus, dass das Baby für eine Steißlagen-Geburt viel zu schwer geworden war und ich mich am nächsten Tag einem Kaiserschnitt unterziehen musste.
Mit gemischten Gefühlen gingen wir nach Hause und bereiteten alles für den nächsten Tag vor. Ein merkwürdiger Gedanke, dass ich aufgeschnitten und mein Kind von fremden Händen einfach aus meinem Bauch herausgeholt würde …

An Schlaf war in dieser Nacht nicht zu denken. Die Gedanken kreisten, zwischen: „Was habe ich falsch gemacht, dass es nicht einfach so klappt?“ bis hin zu einer kleinen Hoffnung, dass ich in der Nacht zumindest Wehen bekäme. Doch nichts passierte. Rückblickend ist mir natürlich klar, dass ich mein Kind einfach nicht hergeben wollte. Doch noch immer kam mir nicht der Gedanke, dass das alles etwas mit Tamara zu tun haben könnte. Diese Geschichte war wie ausgeblendet.

Vor dem Eingriff hatte ich unglaubliche Angst, ich war zuvor noch nie als Patientin im Krankenhaus gewesen. Mein Mann stand mir in jeder Sekunde zur Seite und tat sein Bestes, um mich zu beruhigen und abzulenken. Doch seine Bemühungen fruchteten wenig, angesichts der großen Spritze, die ich in den Rücken bekommen sollte. Ich hatte mich für einen Kreuzstich entschieden, da ich unbedingt alles so weit wie möglich mitbekommen und den ersten Schrei meines Kindes hören wollte. Und ich wollte es nicht verpassen, wenn wir endlich das

Geschlecht des Babys erfahren würden. Innerlich wussten wir allerdings längst, dass es ein Junge werden würde, und auch sein Name stand schon fest: Leandro.
Die paar Minuten, bis mein Kind endlich da war, dauerten eine Ewigkeit. Es war ein Reißen und Rütteln, und ich konnte es kaum ertragen. Doch als es vorbei war, war es ein unbeschreibliches Gefühl, um vier Kilo leichter und mit meinem Kleinen im Arm. Die nächsten Tage waren erfüllt von Freude und Erleichterung einerseits, andererseits aber auch von seelischem Schmerz und Tränen.

„Die Axt vergisst, der Baum erinnert sich"

Es dauerte viele Wochen und Monate, bis ich den Kaiserschnitt seelisch verarbeitet hatte. Es war mir, als wäre mir dadurch etwas Essentielles genommen worden. Eine wichtige Erfahrung. Niemand in meinem Umfeld konnte so recht verstehen, warum ich über den Kaiserschnitt so traurig war. „Sei doch froh!", bekam ich immer zu hören. Und: „Hauptsache gesund!"
Ich konnte es bald nicht mehr hören. Und hilfreich war es schon gar nicht. Als wäre ich undankbar!

Mit Hilfe von lieben Freunden und Kollegen konnte ich das Thema jedoch gut verarbeiten, und mein Mann und ich genossen es, ein ganzes Jahr mit Leandro zu Hause verbringen zu können. Es war eine sehr wertvolle Zeit.

Bald darauf wurde ich wieder schwanger. Diesmal wollte ich mir gleich seelische Unterstützung holen und kontaktierte eine Doula (spirituelle Geburtsbegleiterin), die mir empfohlen worden war. Bianca hatte immer ein offenes Ohr für mich und genoss mein volles Vertrauen. Und noch immer hatte ich Tamara völlig verdrängt. Selbst auf die Frage der Doula, ob ich schon einmal einen Abortus gehabt hätte, verneinte ich ohne groß nachzudenken.

Als ich ein paar Tage vor dem Geburtstermin einen Blasensprung und einige Stunden später Wehen bekam, standen alle Zeichen auf natürliche Geburt. Mein Mann und Bianca waren immer an meiner Seite und ich hatte volles Vertrauen, dass es diesmal klappen würde. Mein Körper

sah das leider anders: Irgendwann wurden die Schmerzen so stark, dass ich nicht mehr klar denken konnte. Und die Schmerzmittel, um die ich bitten musste, unterstützten meine Klarheit auch nicht gerade. Ich war völlig benommen, die Schmerzen blieben gleich stark, im Gegenteil verstärkten sie sich sogar.
Nach über 20 Stunden Wehenarbeit und offener Fruchtblase musste ich schließlich nachgeben und einem weiteren Kaiserschnitt zustimmen, da mein Muttermund nicht ausreichend aufging.

Diesen zweiten Eingriff empfand ich allerdings bei weitem nicht so schlimm wie den ersten. Dann war sie endlich da: unsere Lucia!
Und ich freute mich auch, dass ich zumindest den Wehenschmerz hatte erleben dürfen. Eine unglaubliche Kraft, die mit Worten nicht zu beschreiben ist!

Leise flüstert der Wind mir zu:
Du bist nicht der Körper, die Seele bist du.
Du bist nicht Gedanken, bist nicht der Verstand.
Du bist stets verbunden mit goldenem Band.
Du bist nicht getrennt, kannst du es nicht spüren?
So fühle die Weite und lasse dich führen.
Erfahre die Größe, das Licht in dir drin.
Erahne der Schöpfung so wichtigen Sinn.
Ein Fünkchen lebt in dir, von Anbeginn an.
Drum bist du so wichtig - erinn´re dich dran

©Lydia Ruckensteiner

Abschied ohne Begrüßung

Einige Jahre später, ich war mittlerweile als Sterbe- und Trauerbegleiterin tätig, besuchte ich einen Vortrag des bekannten Berliner Sterbeforschers Bernard Jakoby. Und dabei machte es endlich „klick". Jakoby betonte immer wieder, wie wichtig es sei, im Sterbeprozess mit sich selbst und der Welt im Reinen zu sein. Das war mir nicht neu – ich kannte und wusste dies alles aus meiner Arbeit und dennoch klang dieser Satz wie ein Echo immer wieder in mir nach. Bis es mir endlich wie Schuppen von den Augen fiel. Es war, als ob ich jahrelang blind gewesen wäre und einfach nicht hätte hinschauen können. Doch jetzt war mir klar: Ich musste mich meinem verdrängten Verlust stellen und mich von Tamara verabschieden.

Nach fast fünf Jahren durfte ich sie nochmal spüren, die Trauer. Ich bemerkte sehr schnell, dass ein richtiger Abschied nie stattgefunden hatte. Und so entschied ich mich, dass es an der Zeit war loszulassen.
Ich möchte an dieser Stelle erwähnen, dass Loslassen für mich nicht gleichbedeutend mit Vergessen ist. Es bedeutet für mich, zu würdigen, was war, und mich zu öffnen für das, was kommen mag.
Davor war mir aber noch etwas ganz Anderes wichtig: FÜHLEN! Fühlen, was an Emotionen da war.
Fünf Tage lang kamen alle möglichen Emotionen hoch und ich ließ sie geschehen, ich war dankbar über die Möglichkeit, mich selbst in meinem Schmerz anzunehmen. Nach diesen intensiven Tagen spürte ich, dass für mich drei Schritte notwendig waren.

1. Tamara „auf die Welt bringen“
2. Von ihr erzählen
3. Mich von ihr verabschieden

1. Das Kind auf die Welt bringen

Bei diesem Prozess holte ich mir Unterstützung einer Aufstellungsleiterin. Durch das Aufstellen meiner drei (!!!) Kinder, hatte ich das Gefühl, Tamara in mein Leben zu holen. Denn erst, wenn wir etwas (oder jemanden) annehmen, können wir uns auch verabschieden.

2. Von Tamara erzählen

Viele meiner Familienmitglieder und Freunde wussten nichts von ihr, und so begann ich zu erzählen. Von meiner Geschichte und meinen Emotionen. Ich merkte ganz schnell, wie viele Frauen in meinem Bekanntenkreis ähnliche Erfahrungen gemacht hatten und im Stillen litten. Ich hatte wunderbare Gespräche, in denen ich tröstete und Trost erfahren durfte.
Ich habe vieles zu hören bekommen, was mich inspirierte. Und so wurde meine Idee zu diesem Buch geboren. Wie gesagt: Alles hat einen Sinn!
Ich habe übrigens nach all den Jahren auch dem Vater von Tamara erzählt und seine Reaktion war – nach einem kurzen Schreck – absolut wunderbar und einfühlsam. Ich bin froh, dass ich mich überwunden habe, ehrlich zu sein, auch auf die Gefahr hin, eine unerwünschte Reaktion zu bekommen.

3. Verabschieden

Ich wusste, Tamara würde immer in meinem Herzen bleiben und dennoch empfand ich das dringende Bedürfnis, mich würdevoll von ihr zu verabschieden.
Das tat ich an einem Gedenkstein für Sternenkinder auf dem Friedhof. Ich sprach alles aus, was mir wichtig war und zündete zum Abschied eine Kerze an.
Ich spürte die tiefe Verbundenheit – nicht nur die zu meinem Kind, sondern die Verbundenheit zu allem, was ist.
Es war ein sehr schöner und berührender Moment.
Dort auf diesem Gedenkstein stand:

„Ihr Kinder seid bei Gott –
und in unseren Herzen in Liebe geborgen!"

Abschiedsprozesse sind sehr individuell, und jeder benötigt seine eigenen Rituale, in seinem eigenen Tempo.
Wenn du dich verabschieden willst, dann spüre am besten in dich hinein, was für dich zu welchem Zeitpunkt stimmig ist.
Es ist übrigens nicht nur in Zeiten der Trauer wichtig auf seine Bedürfnisse zu hören, sondern zu jedem Zeitpunkt.
Es ist wichtig, sich selbst zu spüren und das Leben zu spüren.

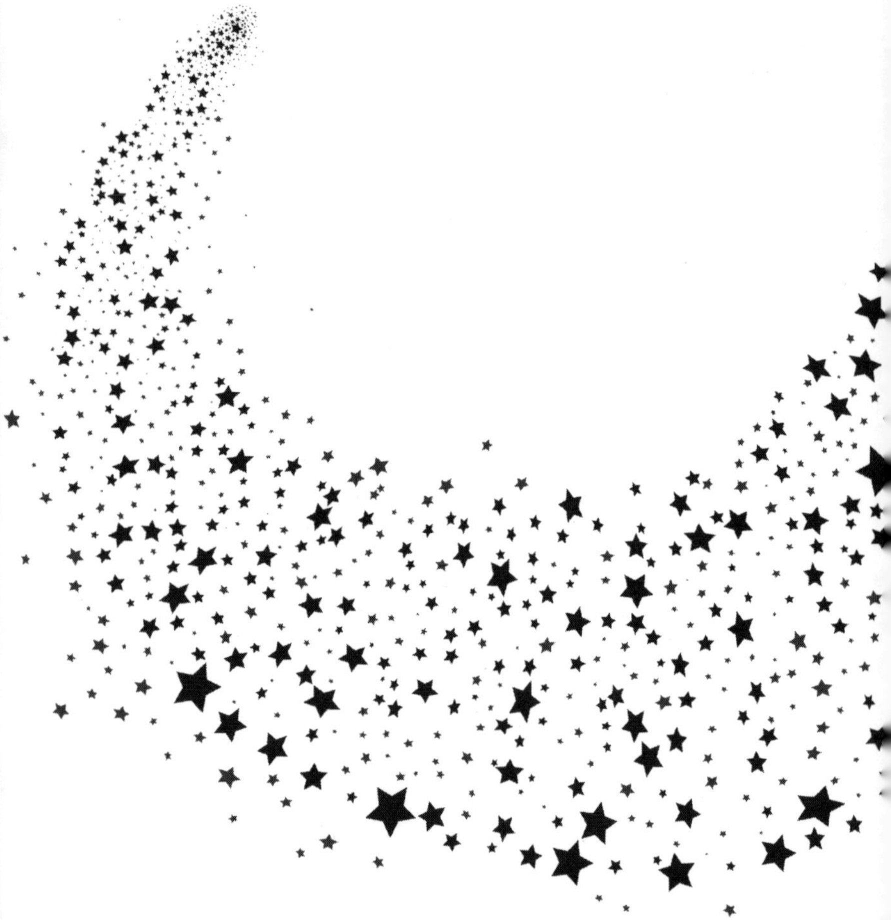

Du bist mein Stern am Himmelszelt,
Du ziehst dort deine Bahnen
Du hast es so für dich gewählt –
Warum, kann ich nicht ahnen.
Entschieden hast du's so für dich.
Ich muss es akzeptieren.
Bist mir im Herzen ewiglich.
Ich kann dich nicht verlieren.
Es war geplant, es war dein Ziel .
Hast deinen Weg vollbracht.
Du bleibst mir immer im Gefühl.
Als Stern in dunkler Nacht.

Das Leben SPÜREN!

Früher habe ich alles im Leben bewertet. „Gute“ Gefühle, „schlechte“ Gefühle, Zeiten der Freude und Zeiten der Trauer. Dem einen lief ich ständig hinterher, das andere verdrängte ich so weit wie möglich.

Meine Erfahrungen in den Jahren als Sterbebegleiterin haben mich gelehrt, Dinge weitestgehend nicht mehr zu bewerten. Ich bin stets bemüht, Erlebnisse oder Emotionen nicht als „gut“ oder „schlecht“ zu klassifizieren.
Sie sind einfach!

Ich wurde einmal von einem Sterbenden gefragt, welches Ziel ich im Leben hätte. Das ist jetzt neun Jahre her, und damals fiel mir keine Antwort darauf ein.
Heute kenne ich sie: ICH WILL DAS LEBEN SPÜREN!
Ich will es mit all meinen Sinnen erfassen, leben, bewegen, begreifen, und ICH SEIN. All dem Schmerz, dem ich früher zu entkommen versuchte, trete ich nun entgegen, und ich lasse ihn auf allen Ebenen zu.
Es geht darum, in den Schmerz, in die Trauer, die Haltlosigkeit oder welches Gefühl es auch immer sein mag, hineinzugehen, es zu spüren, zuzulassen. Erst dann ist ein Loslassen möglich.

Meine Klienten erzählen mir oft, dass man von ihnen erwartet, selbst in der Trauer „für andere stark zu sein“. Viele Menschen sind es nicht gewöhnt, andere leiden zu sehen, es ist ihnen unangenehm und daher vermeiden sie das Leiden anderer bestmöglich, weil es sie selbst hilflos macht.

Wir haben das Recht, alle unsere Gefühle zu leben, wir sind Menschen! Die scheinbar negativen Gefühle sollen genauso zugelassen werden wie die freudvollen Momente. Wir dürfen unsere Freude, unser Lachen, unser Glück grenzenlos genießen, ebenso wie wir in Trauer, Sorge oder Leiden versinken dürfen, wenn es nötig ist.
Die Kunst liegt darin, die Freude zu genießen, ohne die Angst im Hintergrund, dass sie irgendwann wieder vorbei ist.

Heute kann ich mich in glücklichen Zeiten ganz fallen lassen und genießen, denn ich weiß, wenn andere Zeiten kommen, bin ich genauso bereit, in andere Emotionen einzutauchen, ohne mich davon beherrschen zu lassen.

Ich erlebe im Alltag häufig, dass Menschen sich immer nur aufs Leben vorbereiten und dabei völlig übersehen, dass sie bereits längst mittendrin sind. Sie nehmen es oft gar nicht richtig wahr, weil sie auf ein Gefühl des Glücks und der Leichtigkeit warten, und vergessen zu spüren, was im Augenblick da ist. Das ist Leben!
Auch Trauer ist Leben und gehört zum Leben. Achtsamkeit, im Augenblick zu sein, ohne sich vor dem, was die Zukunft bringt, zu fürchten oder uns dorthin zu sehnen, das ist es, was das Leben ausmacht.
In meinem Beruf als Begleiterin Sterbender konnte ich mehrmals erleben, dass Menschen, die wirklich Schmerzen hatten, ihre Medikamente verweigerten. Sie wollten bis zum Schluss alles spüren, was das Leben zu bieten hatte. Jedes Mal war ich aufs Neue fasziniert von dieser Hingabe und diesem spürbaren Frieden, den sie ausstrahlten.

Es wandert ein Lichtstrahl den Himmel entlang.
Ich spüre die Hoffnung, einen Hauch neuen Anfang.
Ich lasse mich ein, ich nehme es an .
Ich öffne mein Herz, so gut ich es kann.
Die Schatten, sie haben den Schrecken verloren .
Bist in anderer Welt bestimmt wieder geboren.
Das fühl' ich so sicher und ich weiß es genau,
wenn ich zum Lichtstrahl am Himmel rauf schau'.
Er ist mir ein Gruß, wie ein Zeichen von dir.
Ja, du bist dort und ich stehe hier.
Doch ein warmes Gefühl breitet sich in mir aus.
Ich habe gelernt für mein Leben daraus.
Du bist nur gekommen, um den Weg mir zu zeigen.
Will mich demütig nun vor dem Schicksal verneigen.
Ich steh' auf der Erde, doch du bist mir so nah.
Bist mir Lichtstrahl im Herzen, denn du bist immer da.

Trauer ist keine Krankheit

Die Trauer ist so individuell wie jeder Mensch selbst. Sie kann und darf nicht bewertet und in Schubladen gesteckt werden, es gibt kein „richtig“ und kein „falsch“.
Gerade in unserer Zeit und unserer Gesellschaft ist die Unfähigkeit zu trauern weit verbreitet, denn wir haben verlernt, offen damit umzugehen. Wir verstecken uns in unserer Trauer, um niemand anderen damit zu belasten.

Und wir verstecken uns oft auch selbst vor der Trauer. Und doch ist sie wichtig und notwendig, um Geschehenes zu begreifen und zu verarbeiten. Sie ist eine natürliche Reaktion auf Verluste durch Tod, Trennung, Scheidung, Fehlgeburten, aber auch auf unerfüllte Wünsche und Hoffnungen.

Viel zu sehr halten sich Menschen an Normen und wollen diesen entsprechen. In meiner Heimat, der Dominikanischen Republik, ist Trauer nicht leise, ganz im Gegenteil: Sie wird förmlich hinausgeschrien. Die Menschen klagen und schreien laut.

Du hast ein Recht auf deine Trauer – und du hast das Recht auf Heilung!

In meinen Begleitungen hatte ich schon des Öfteren Frauen, die ihre Schwangerschaft zunächst ablehnten, weil sie andere Pläne hatten, weil sie in finanziellen Schwierigkeiten steckten oder sich andere Hürden auftaten. Doch wenn diese Frauen ihr Kind verloren, waren sie tieftraurig. Zum einen, weil die Verbindung zwischen Mutter und Kind sehr schnell sehr intensiv wird – auch wenn man das aus dem einen oder anderen Grund gar nicht möchte – und zum anderen aus einem schlechten Gewissen heraus, weil sie das Kind für eine kurze Zeit nicht wollten.

Faktoren, die die Trauer erschweren

• Erwartungen des Umfelds: Oft hat das soziale Umfeld die Vorstellung, dass der trauernde Mensch sofort weiterfunktionieren und „für die anderen stark sein" muss.
• Frühere Trauerfälle: Wenn schon frühere Trauerfälle weggeschoben wurden, ist es noch schwerer, Trauer zuzulassen. Das Gehirn „lernt" den Umgang mit einem Gefühl und repliziert ihn bei Bedarf. Dadurch wird das Trauern schwerer.
• Erfordernisse des Alltags: Gerade, wenn Kleinkinder versorgt werden müssen oder auch etwas ältere Kinder Unterstützung brauchen, nimmt man sich oft nicht die erforderliche Zeit für einen Trauerprozess.

Es ist wichtig, sich selbst einzugestehen, dass man Hilfe benötigt und sie auch einzufordern. Von der Familie oder von Außenstehenden wie Therapeuten oder Trauerbegleitern.

Phasen der Trauerverarbeitung

Trauer lässt sich nicht in Phasen einteilen und pauschalisieren. Sie verläuft nicht linear. Dennoch gibt es einige Trauermodelle, die als Orientierung ganz hilfreich sind. Sie können sachliche Informationen geben und einem trauernden Menschen zeigen, dass er mit seinen Gefühlen nicht alleine ist. Außerdem können solche Modelle für das soziale Umfeld hilfreich sein, um ein besseres Verständnis für die Trauernden zu entwickeln und deren Reaktionen zu akzeptieren. Ich habe für dieses Buch die Trauerphasen nach Verena Kast [Susanne Nägele & Angelika Feichtner, Lehrbuch der Palliativpflege] gewählt, da diese für mich am stimmigsten waren.

1. Die Phase des Nicht-wahrhaben-wollens: Schock
Diese Phase kann ein paar Stunden, aber auch einige Wochen andauern. Es kann ein kurzer Gedanke sein, wie „Nein, das kann nicht sein!" oder „Das ist nicht wahr!" Viele Menschen fühlen sich in dieser Phase wie in Trance. Der Verlust wird verleugnet. Bei einigen Frauen, die ihr Kind verloren haben, konnte ich sogar beobachten, dass ihr Bauch trotzdem weiterwuchs.

2. Die Phase der aufbrechenden Gefühle
In dieser Phase brechen oft die Emotionen über die Trauernden herein. Trauer, Wut, Schuld, Ängste können alle durcheinander oder abwechselnd empfunden werden. Oft gesellt sich dann auch noch die Schlaflosigkeit dazu, die zusätzlich belastet.
In dieser Phase kann es auch vorkommen, dass man nach

einem Schuldigen sucht. Gerade in diesen Momenten ist es ganz wichtig, sich auf die Emotionen einzulassen und sie, so gut es geht, auszudrücken.
Es hilft auch Bewegung oder eine kreative Betätigung, zum Beispiel schreiben, zeichnen/malen oder Collagen basteln. Deinem Erfindungsreichtum sind hierbei – je nach kreativer Neigung – kaum Grenzen gesetzt.

3. Die Phase des Suchens, Findens und sich Trennens
In dieser Phase wird der Verstorbene oder das verlorene Kind bewusst oder unbewusst gesucht. Immer wieder wird der Zurückbleibende mit der Wirklichkeit konfrontiert.
Bei mir zeigte sich das, wie bereits erwähnt, im Suchen des Kindes bzw. meines Schwangerschaftsbauches nach dem Aufwachen, und dem Erkennen, dass es nicht mehr da ist. In dieser Phase kann durch Aufarbeiten und Annehmen sehr viel Aussöhnung geschehen.

4. Neuer Selbst- und Weltbezug
Danach – und abschließend – kommt die Phase der neuen Selbstfindung. Man hat den Verlust soweit akzeptiert, orientiert sich und findet sich neu.
Der Lebensstil wandelt sich meist. Die Vergänglichkeit der Dinge ist bewusst, und dennoch kommt auch die Hoffnung hinzu.

Viel zu früh den Plan erfüllt.
Seelenweg gegangen.
Mein Gemüt so aufgewühlt.
Geist und Herz befangen.
Trauern darf ich jederzeit.
Tränen tun oft gut.
Doch durch dich bin ich bereit,
ich selbst zu sein mit Mut.
Ich lebe aus dem Herz heraus.
Was sollte mir passieren?
Den Ängsten mach ich den Garaus.
Das Leben wird mich führen.
Ich darf erkennen, wer ich bin.
Du hast es mir gezeigt.
Mein Weg ist trotzdem noch voll Sinn.
Geh' ich ihn auch gebeugt.
Gezeichnet hat das Schicksal mich.
Doch wird's mich nicht zerstören.
Wir kennen uns auf ewiglich.
Weil Seelen sich gehören.

©Lydia Ruckensteiner

Abschiedsrituale gestalten

Rituale waren für die Menschen schon immer sehr wichtig und sind auch immer noch von großer Bedeutung. Rituale geben uns die Möglichkeit, unsere Emotionen auszudrücken, sie geben Halt, Orientierung und unterstützen den Trauerprozess.

Nach einer Verlusterfahrung kannst du allein oder mit jemandem, dem du vertraust, ein Ritual auswählen, das dir in diesem Moment guttut. Durch so ein Ritual kann man auch der Familie und Freunden den Verlust begreiflicher machen.
Achte hier immer darauf, dass es sich für DICH stimmig anfühlt.

Namensgebung
Dieses Ritual empfinde ich als sehr wichtig. Wenn dein Kind schon sehr früh ging und du nie erfahren hast, ob es ein Mädchen oder ein Junge war, dann spür in dich hinein und gib deinem Baby intuitiv den Namen, der dir in diesem Moment einfällt. Du wirst immer richtig liegen. Auf einem Friedhof sah ich mal ein Grab, auf dem zu lesen war: „Gebt den Namenlosen einen Namen“.
Es war ein Grab für Sternenkinder, und es war zu der Aufstellung ein weiterer Hinweis für mich, dass es für die Trauerarbeit wichtig ist, seinem Kind einen Namen zu geben.

Kerze
Kerzen anzuzünden ist eine schöne Geste beim Verabschieden. Das Licht symbolisiert Hoffnung für die Hinterbliebenen. Du kannst eine Kerze in deiner Lieblingsfarbe auswählen und sie mit Kerzenmalstiften verzieren und beschriften.

Abschiedsbrief – Schreiben ist heilsam
Schon so oft konnte ich die heilsame Wirkung des Schreibens beobachten. Du kannst einen Abschiedsbrief schreiben oder du schreibst deine Gefühle in Form eines Tagebuches nieder. Du kannst dir einfach ein schönes, leeres Buch kaufen. Es gibt aber auch Bücher, bei denen man das Cover selbst und individuell gestalten kann. In das Buch kannst du täglich all die Gedanken niederschreiben, die dich beschäftigen, besonders traurig machen – aber auch die guten Tage festhalten. Du kannst darin Dankbarkeit ausdrücken, wenn dir etwas gelungen ist. Sehr hilfreich ist es, vor dem Schlafengehen alles niederzuschreiben, was deinen Geist nicht zur Ruhe kommen lässt.
Oder du schreibst dir gleich nach dem Aufwachen deine Träume der letzten Nacht auf, beziehungsweise das, woran du dich erinnerst.
Im Schlaf verarbeiten wir sehr viel von dem, das wir tagsüber erleben. Das zeigt sich in Träumen oft verschlüsselt oder in Symbolen.
Das Aufschreiben von Träumen kann dabei helfen, zu verstehen, was im Unterbewusstsein noch stark arbeitet. Was wird durch deine Träume gespiegelt?
Oft sind es kleine Details, die eine wichtige Botschaft für dich und deine Situation enthalten.

Erinnerungskiste

In deine Erinnerungskiste kommt alles hinein, was du mit deinem Kind verbindest. Vielleicht hast du bereits ein Ultraschallbild oder den Mutter-Kind-Pass erhalten. Du kannst aber auch einen Abschiedsbrief in die Kiste legen oder ein Kärtchen mit dem Namen deines Kindes und seine Bedeutung.

Ein Gespräch mit dem Baby

Einige Frauen haben mir berichtet, dass ihnen ein Gespräch mit ihrem Baby sehr geholfen hat. In diesem Gespräch konnten sie all ihre Gedanken mal laut aussprechen – dies hat eine ganz andere Wirkung als ein Zwiegespräch in Gedanken.

Mir hat das Singen sehr geholfen. Ich habe immer wieder das Mantra „Bendicion de tu Madre" („Mother's Blessing") von Snatam Kaur gesungen. Dabei konnte ich mich entspannen und die Verbindung zu Tamara spüren.

Ein Symbol fürs Baby

Dieses Ritual kann hilfreich sein, wenn du dein Baby nicht mehr sehen konntest, weil es vielleicht in einem sehr frühen Stadium gegangen ist oder, weil es durch andere Umstände nicht möglich war. Du kannst dir ein Symbol suchen, das du mit deinem Kind verbindest. Sehr beliebt sind Herz, Stern, Engel, Schmetterling. Wenn du bereits Kinder hast, suche auch für diese ein Symbol aus, und stelle sie von links nach rechts auf, wobei das Älteste links steht. Diese Aufstellung dient dazu, jedem in der Familie seinen Platz zu geben.

Ein Bild malen
Wenn du es gern kreativ magst, kannst du auch ein Bild malen.
Eine gute Möglichkeit ist es, in eine kurze Meditation zu gehen und dann intuitiv drauflos zu malen. So kannst du deinen Emotionen Ausdruck verleihen und hast eine schöne Erinnerung.

Luftballon
Schreibe dir einige wichtige Gedanken an dein Kind auf, binde sie an einen Luftballon und lass ihn aufsteigen.

Fußabdruck
Nach Totgeburten ist es oft möglich, noch einen Fußabdruck als Erinnerung zu machen. Oder auch ein Foto vom Fuß oder von den Händen von Eltern, Kind, Geschwistern.

Fotos
Es gibt bei einer Totgeburt auch die Möglichkeit, einen Sternenkind-Fotografen kommen zu lassen.
Unter www.dein-sternenkind.eu/ findest du über 530 Fotografen in ganz Österreich, die auf freiwilliger und unbezahlter Basis ein letztes Bild von deinem Kind machen. Natürlich gibt es in den Ballungsgebieten mehr Fotografen als auf dem Land, doch mit dem dahinterstehenden System sollte auf jeden Fall jemand gefunden werden, der dir eine Erinnerung an dein Kind schenkt.

Abschiedsräucherung
Wer gerne räuchert, kann auch ein schönes Abschiedsräucherungsritual gestalten. Dies ist als Ritual sehr kraftvoll und transformierend.

Kräuter und Harze, die sich in meinen Begleitungen sehr bewährt haben, sind:
Lavendel: Duftet süßlich und frisch. Er beruhigt Körper und Seele, reinigt, stärkt und sorgt für klare Visionen
Rose: Bekannter Duft. Öffnet das Herz. Vertreibt negative Energien, lädt Liebe ein, hilft, inneren Frieden zu finden.
Kamille: Befreit und reinigt die Aura.
Tannenspitzen: Der Duft von Tannenspitzen vertreibt bedrückende Gedanken, reinigt und harmonisiert.
Beifuß: Ein guter Begleiter bei Transformationsprozessen. Reinigt und schützt. Hat auch eine beruhigende Wirkung auf die Seele.
Birkenholz: Vertreibt alte Schlacken und seelische Gifte, ermutigt und öffnet den Geist.
Eisenkraut: Öffnet für spirituelle Wahrnehmung, daher bitte gering dosieren!
Fenchel: Wirkt tröstend und aufbauend zugleich. Sehr gut geeignet bei Räucherungen zur Trauerverarbeitung.
Angelikawurzel: Hilft, wenn die Seele ausgebrannt ist. Bei Schwäche und Kraftlosigkeit. Bringt Ruhe bei starken Ängsten. Erdet und gibt Mut für Entscheidungen.
Baldrian: Beruhigt in Zeiten von Stress und Überlastung. Bringt uns mit dem Unterbewusstsein in Kontakt und bestärkt uns, in der Gegenwart zu leben.
Gering dosieren – intensiver Duft!

Jasminblüten: Wirken hervorragend in Mischungen gegen Ängste. Wirkt auch stark umhüllend und schützend.
Johanniskraut: Hilft uns, Licht ins Leben zu bringen.
Wacholder: Verleiht Mut und Kraft in schweren Zeiten.
Holunder: Verleiht Mischungen eine gewisse Leichtigkeit. Schutz und Segnung.
Benzoe Siam: Das ist ein vanilleartig duftendes Räucherharz. Es gibt das Gefühl von Geborgenheit, innerem Frieden und Nähe.
Weihrauch: Reinigend. Meiner Meinung nach wirkt der Weihrauch allerdings auch etwas „festhaltend", deshalb entscheide am besten intuitiv, ob er für dich wirklich in die Mischung passt.
Goldcopal: Gibt das Gefühl von Vertrauen ins Leben. Bringt Licht bei Ritualen.
Guggul: Wird auch „indischer Weihrauch" genannt. Er hilft bei Nervosität und Stress. Hilft auch, in die Tiefe zu gehen, wenn jemand sich der Trauer nicht öffnen kann.
Galbanum: Wird auch Mutterharz genannt, weil es früher während der Geburt half, Verspannungen zu lösen.
Mastix: Vertreibt Schwermut und fördert Leichtigkeit. Unterstützt Visionen und Hellsichtigkeit.
Es eignet sich für Ritualräucherungen und fördert das Vertrauen ins Leben.

Ich gehe durch ein Tal der Tränen.
Verstehen werd' ich's vielleicht nie.
Es bleibt in mir ein großes Sehnen.
Es raubt mir all die Energie.
Doch halt!
Ich werde aufsteh'n, weitergeh'n.
Denn du bist nicht umsonst gekommen
Ich will tief in mein Inn'res sehen.
Da hab ich einen Ton vernommen.
Du seist mir Botschaft, seist mir Licht.
Ich nehme an und darf erkennen.
Das Schicksal will mich strafen nicht.
Ich werde deine Seele kennen.

Auch Männer trauern um ihr Kind

Sehr oft fühlen sich Frauen unverstanden, weil sie das Gefühl haben, dass ihr Mann nicht oder nur wenig um das gemeinsame Kind trauert. Das höre ich oft in der Praxis. Meistens ist es jedoch so, dass Männer unauffälliger, schweigsamer trauern als Frauen.
Ich habe auch schon von vielen Männern gehört, dass sie ihre Frauen schützen und in deren Trauer für sie da sein müssten. Sie vergessen dabei nur oft, dass auch sie ihr Kind verloren haben. Sehr oft stecken hier alte Glaubenssätze drinnen wie: „Ein Mann darf nicht weinen", oder: „Wenn ich Gefühle zeige, bin ich ein Weichei".
Sie sprechen selten darüber, aus Sorge, ihre Frau noch trauriger zu machen, indem sie sie durch das Zeigen ihres eigenen Schmerzes an den Verlust „erinnern".
Diese Sorge kann ich euch Männern hier ganz wegnehmen. Denn eine Frau vergisst einen solchen Verlust ohnehin niemals – auch wenn er Jahre zurückliegt und der Schmerz nachlässt oder ganz verblasst.

Die schmerzliche Erfahrung, ein Kind zu verlieren, kann für eine Partnerschaft sehr belastend sein; viele Paare entfernen sich voneinander, andere wiederum schweißt gerade dieses Erlebnis noch mehr zusammen. Wichtig ist es, den individuellen Trauerweg des anderen zu akzeptieren und zu respektieren. Genauso wichtig ist es aber auch, wieder gemeinsame Wege zu finden.

Was Paaren helfen kann:
• Wenn das Reden schwerfällt, versucht, euch gegenseitig Briefe zu schreiben. So könnt ihr auch ohne Sprechen den anderen wissen lassen, wie es euch tatsächlich geht.
• Alltägliches wie z.B. den Abwasch gemeinsam machen. Sehr oft entstehen dadurch Gespräche und die oft lähmende Stille wird unterbrochen. Auch körperliche Aktivitäten wie miteinander spazieren gehen können sehr hilfreich sein.
• Fotos durchblättern, die euch vor der Schwangerschaft zeigen, um gezielt an schöne gemeinsame Erlebnisse erinnert zu werden.
• Dem Kind einen Namen geben, den man gemeinsam aussucht. Das hilft zu verstehen und es wird greifbarer.
• Einen Baum als Symbol pflanzen.
• Zögert nicht, euch professionelle Hilfe zu holen. Das ist für viele ein schwieriger Schritt, weil sie das Gefühl haben, es nicht alleine zu schaffen. Wir dürfen aber auch lernen, Hilfe anzunehmen.

Es ist alles erlaubt, was euch beiden guttut. Zwingt jedoch dem anderen nichts auf, was sich für ihn nicht stimmig anfühlt.

Nähe und Intimität

Wenn der Verlust einige Zeit her ist, fragen sich viele Paare, wie es weitergehen soll. Sexualität ist hier immer ein großes Thema. Viele haben Angst vor diesem nächsten Schritt. Einem neuen Versuch.
Andere wiederum empfinden Nähe und Intimität als sehr heilsam.

Gib deinem Körper die Zeit, die er braucht, um sich zu regenerieren. Du allein bestimmst, wann für dich der Zeitpunkt passend ist.

Geschwisterkinder und ihre Trauer

Nicht nur Eltern sind von einem solchen traumatischen Ereignis betroffen. Auch andere Familienmitglieder wie Großeltern trauern, und wenn das Paar bereits Kinder hatte, sind auch Geschwisterkinder involviert.
Je nachdem, in welchem Alter das Geschwisterchen verstarb, können Kinder diesen Verlust sehr intensiv erleben. Wenn das Kind bereits in einem frühen Stadium der Schwangerschaft ging, könnte die Trauer der Eltern irritierend auf das Kind wirken, wenn es vorher nichts davon wusste, dass es ein Geschwisterchen bekommen hätte sollen.
Wichtig ist es, den Kindern gegenüber immer ehrlich zu sein, denn sie spüren sowieso, dass etwas nicht stimmt.
Eine altersgerechte Erklärung verschafft Klarheit. Das Kind fühlt sich integriert.
Andernfalls kann es dazu kommen, dass Kinder ihrer Fantasie freien Lauf lassen und sich etwas zusammenreimen, das ihnen womöglich noch mehr Angst macht. Es kann auch vorkommen, dass sich Schuldgefühle im Kind entwickeln, oder es sich fragt, ob es das Drama hätte verhindern können.

Glücklicherweise gibt es heute schon tolle Kinderbücher, die dieses Thema liebevoll erklärend aufgreifen.

Der Verlust kann auch dazu führen, dass Eltern ihre ganze Aufmerksamkeit nur noch auf das lebende Kind lenken, aus Sorge, dass auch ihm etwas zustoßen könnte. Auch diese Überfürsorglichkeit kann ein Kind stark belasten.

Was Geschwisterkindern helfen könnte:

- Altersgerechte und ehrliche Gespräche
- Ein Kinderbuch zum Thema Tod und Trauer
- Dem Baby ein Bild malen oder etwas basteln und auf das Grab – sofern vorhanden – legen, oder auch auf einen Gedenkstein für Sternenkinder (diese gibt es auf verschiedenen Friedhöfen)
- Das Kind bei der Namenswahl für das Sternenkind miteinbeziehen
- Zuhören und auch das Verhalten des Kindes beobachten. Jedes Kind reagiert anders; die einen ziehen sich zurück, die anderen reagieren womöglich sogar mit Aggressionen. Es ist hier sinnvoll, Lehrer bzw. Kindergärtner miteinzubeziehen, damit diese verstehen, warum das Kind vielleicht anders als gewohnt reagiert und entsprechend mit der Situation umgehen können.
- Die Geschwisterkinder in Rituale einbeziehen
- Dem Kind deutlich machen, dass es auch fröhlich sein darf
- Eine individuelle Bachblütenmischung kann den Prozess unterstützen
- Den Verlust in das Leben integrieren (z.B. zu besonderen Anlässen eine Kerze anzünden)

Auch nach vielen Jahren kann es sein, dass in dem Kind etwas hochkommt. Seid immer offen für Fragen. Sollten nach dem Sternenkind noch Kinder kommen, empfinde ich es als sehr wichtig, immer einen Platz für das verstorbene Kind, vielleicht durch ein Symbol (Schmetterling, Engel oder eine schöne Figur) sichtbar zu machen. Es gehört zum Familiensystem dazu.

Wenn in der Trauer die Freunde gehen

Vielleicht kennst du diese Situation. Du hast einen schweren Verlust erlitten und plötzlich distanzieren sich Freunde und Bekannte von dir, auch Familienmitglieder gehen auf Abstand. Du fühlst dich allein und verstehst die Welt nicht mehr. Gerade jetzt, wo du Unterstützung und Zuspruch am dringendsten brauchen würdest, ist keiner für dich da – du bist völlig auf dich allein gestellt!
Das passiert häufiger als man denkt – ich habe mit vielen Menschen gesprochen, die das erleben mussten. Das komplette soziale Netz war plötzlich weg. Keine Anrufe, keine Nachrichten mehr. Und in einigen Fällen wurden die Betroffenen selbst auf der Straße ignoriert!
Dass dies zusätzlich zu dem großen Verlust noch mehr Belastung ist, steht außer Frage.
Doch was ist passiert? Immer wieder werde ich gefragt, warum selbst nahestehende Menschen so reagieren.

Sprecht über Tabuthemen!!!
Nachdem in unserer Gesellschaft das Thema Tod und Sterben so weit wie möglich ausgeblendet wird, spricht man auch im privaten Umfeld kaum darüber. Wenn es dann soweit ist, dass jemand im Sterben liegt oder trauert, ist die Überwindung, sich dem zu stellen, groß.
Auf die Frage, woher diese Angst kommt, ist die Antwort meist: „Wir haben nie über so etwas gesprochen.“, oder „Ich weiß nicht, ob derjenige will, dass ich zu ihm gehe!“.
Meine Erfahrung ist: Wenn wir mit unserer Familie und unseren Freunden schon vorher darüber sprächen, würden schon viele Barrieren fallen. Wir wüssten, wie eine

bestimmte Person in unserem Umfeld über den Tod und das Trauern denkt, was sie sich vielleicht wünscht.
Natürlich kann im Ernstfall nach einem Schock wieder alles ganz anders sein. Dennoch fällt es den anderen leichter, auf einen trauernden Menschen zuzugehen, wenn vorher darüber gesprochen wurde. Dies ist meine Erfahrung.
Natürlich kann man durchaus Unpassendes sagen, aber ich denke, wenn du überlegst, wie es dir selbst gehen würde, wenn du in einer Verlustsituation so etwas hörst, fällt es dir leichter, das Richtige – oder im Zweifelsfall einfach gar nichts – zu sagen.

Ich habe einmal eine Dame begleitet, die ihr 15-jähriges Kind verloren hat. Sie musste sich den Satz „Du hast ja noch weitere gesunde Kinder!" nicht nur einmal anhören. Das ist – ich glaube, da sind wir uns einig – eindeutig der falsche Ansatz!
Ein anderes Hindernis, das im Umgang mit Trauernden immer wieder auftritt, ist die Hilflosigkeit.

Hilflosigkeit
Es gibt Menschen, die in ihrem Leben mit dem Thema Tod und Trauer noch nie oder nur sehr wenig konfrontiert wurden. Umso größer ist dann die Angst etwas falsch zu machen oder etwas Unpassendes zu tun oder zu sagen. Zu groß ist die Angst, einem verzweifelten Menschen in die Augen zu sehen und einfach die Stille oder das Weinen zu ertragen.
Es kann auch sein, dass wir selbst etwas Unverarbeitetes mit uns herumtragen (bewusst oder unbewusst) und sich

das für uns im Trauernden wiederspiegelt. Alte Wunden könnten wieder aufreißen. Also reagieren manche von uns aus Selbstschutz auf eine Situation, indem sie sich distanzieren.

Ich selbst habe oft mit Freunden über Verluste und Trauer gesprochen. Ich habe von ihnen erfahren, was das Thema Tod und Trauer mit ihnen macht, woran sie glauben und was sie sich aus aktueller Sicht in ihrer Trauer wünschen würden. Es war faszinierend, zu sehen, wie unterschiedlich dieses Thema gesehen und gelebt wird.

Ich kann jedem empfehlen, mit seinen Lieben ganz offen und ehrlich über dieses Thema zu sprechen, denn wenn es mal so weit ist, dass es einen selbst betrifft, fehlen oft die Worte. Rückzug ist dann für viele Menschen der einzige Ausweg, einfach aus der Angst heraus, nicht genug darüber zu wissen und falsch zu reagieren.

Natürlich gibt es für einen Verlust keinen Trost. Die Trauernden wünschen sich keine schönen Worte, keine Floskeln. Sie wünschen sich Ehrlichkeit und Aufrichtigkeit. Und wenn du keine Worte hast, dann sei einfach da! Hab keine Angst davor, auf trauernde Menschen zuzugehen. Sie wollen gesehen und gehört werden. Und sie werden es dir sehr danken.

Was du selbst dir Gutes tun kannst:

Jeder Mensch trauert ganz individuell. Weshalb auch jeder in dieser schweren Zeit etwas Anderes braucht. Wichtig ist es, immer auf deine eigenen Bedürfnisse zu hören und danach zu handeln.

Die Trauer kommt meist in Wellen, und sehr oft haben wir das Gefühl, von ihr überwältigt zu werden. Deshalb kann es in dieser Zeit äußerst hilfreich sein, sich mit der seelischen Wirkung von hochwertigen ätherischen Ölen auseinander zu setzen, denn Düfte beeinflussen unsere Stimmung sowie unser geistiges und seelisches Wohlbefinden sehr stark.
Wichtig ist es, bei den Ölen 100% naturreine ätherische Öle zu verwenden, weil nur diese die gewünschte therapeutische Wirkung bringen. Bei chronischen Erkrankungen, möglichen Unverträglichkeiten und in der Schwangerschaft verwende sie bitte nur nach Rücksprache mit deinem Arzt.
Die erste Priorität ist immer, dass dir der Duft zusagt und dass er für dich eine Wohlfühlatmosphäre schafft. Es ist auch wichtig, eine Mischung verschiedener Öle zu verwenden, da durch die Verwendung von nur einem Duft du diesen danach immer mit dem Verlust deines Kindes in Verbindung bringen wirst. Das olfaktorische Gedächtnis ist stark ausgeprägt, das heißt, du könntest durch diesen Duft, auch wenn du ihn in anderem Zusammenhang wieder riechst, immer wieder an deinen Verlust erinnert werden und deine Trauer wieder erleben.
Mehr zu den Duftmischungen findest du im Anschluss

an die Erläuterung der einzelnen Öle.
Die hier angeführten Öle empfehle ich aus meiner Praxis besonders.
Neroli: Auch Bitterorange genannt, hilft gegen den Schock. Es wirkt beruhigend, ausgleichend und angstlösend.
Vanille: Vanille ist uns wohl allen wohlbekannt. Sie wird häufig als Seelenschmeichler bezeichnet und gehört zu meinen absoluten Lieblingsdüften, wenn ich traurig bin. Vanille löst Blockaden und verhilft der Seele zu mehr Entspannung, sie schenkt uns Vertrauen und Wohlbefinden. Und sie kann dir auch helfen, am Abend besser einzuschlafen. Durch den Vanilleduft fühlen wir uns vom Leben getragen und beschützt.
Grapefruit: Diese Zitrusfrucht duftet süßlich-fruchtig. Der Duft von Grapefruit kann unseren Geist aufbauen und den inneren Stress lindern. Er löst Blockaden in der Seele und wirkt besonders positiv auf unser Solarplexus-Chakra. Durch dieses Öl können wir unsere Gedanken besser sortieren, es reinigt unsere Aura und unterstützt uns dabei, die Freude in kleinen Dingen wieder zu finden.
Lavendel: Der „Helfer in allen Lebenslagen". Er riecht blumig und kräuterartig und hilft, Ängste zu lindern, inneren Stress abzubauen und wirkt ausgleichend. Lavendel hilft unserer Seele zu entspannen und klare Gedanken zu fassen. Lavendelöl harmoniert gut mit Rosenöl. Wichtig ist es, den echten Lavendel zu verwenden.
Bergamotte: Dieses Öl zählt zu den Zitrusdüften. Bergamotte bringt der Seele Licht und unterstützt dich bei Überlastung. Es hilft bei seelisch-emotionalen Schwankungen und harmoniert gut mit Lavendel- oder Rosenöl.

Rose: Der Duft, der herzöffnend wirkt. Auch „Duft der Liebe" genannt. Er wirkt stärkend, ausgleichend, öffnend und harmonisierend.

Manuka: Manuka wirkt wie ein Schutzöl, für die Haut und auch für die Nerven. Manuka hilft dabei, Stress abzubauen, es stabilisiert und wirkt nervenstärkend.

Benzoe Siam: Ist ein Harz und wird auch als Kuschelöl bezeichnet. Es vermittelt Geborgenheit und Wärme und wirkt angstlösend.

Jasmin: Ist das Frauen- und Mutteröl. Es unterstützt bei Menstruationsbeschwerden, Stress, Schlafmangel und ist gut zur Vorbereitung auf Schwangerschaft und Geburt. Geeignet für Menschen, die ihre Gefühle schwer zum Ausdruck bringen können.

Atlas Zeder: Wird häufig verwendet bei Verstimmungen, Trennungen, Verlustängsten. Wenn Altes losgelassen werden möchte und Neues willkommen geheißen, dann ist Atlas Zeder genau richtig.

Sandelholz: Hilft gut bei Schlafschwierigkeiten, Stimmungsschwankungen und Stress.

Aromamischungen für die Duftlampe oder Diffusor:

„Den Abschied erleichtern"
*2 Tropfen Benzoe Siam
*2 Tropfen Jasmin
*1 Tropfen Rose
„Schlaf gut!"
*5 Tropfen Lavendel
*3 Tropfen Sandelholz
„Seelentröster"
*4 Tropfen Vanille
*4 Tropfen Grapefruit

Aromamischungen für wohltuende Bäder:
Ein Aromabad ist eine wunderbare Möglichkeit, die ätherischen Öle anzuwenden. Es entspannt und gleichzeitig kannst du deinem Körper etwas Gutes tun. Sich mit dem eigenen Körper auszusöhnen, kann in einer solchen Situation sehr heilsam sein.
Für ein Bad vermischst du 6-10 Tropfen ätherisches Öl mit einem Emulgator, damit sich die Öle mit dem Wasser verbinden. Emulgatoren sind z.B. Milch, Sahne, Hafercreme (vegan), Salz oder Honig.

„Heilendes Herz"-Bad
*100 ml Sahne oder Hafersahne (vegan)
*4 Tropfen Rose
*4 Tropfen Jasmin
*2 Tropfen Atlaszeder

Entspannungsbad
*100 ml Sahne (oder anderen Emulgator)
*3 Tropfen Manuka
*2 Tropfen Bergamotte
*2 Tropfen Benzoe Siam

„Lichtblicke"-Bad
*100 ml Sahne (oder anderen Emulgator)
*3 Tropfen Vanille
*3 Tropfen Bergamotte
*1 Tropfen Grapefruit

Bachblüten

Die Original Bachblütentherapie wurde nach ihrem Schöpfer Dr. Edward Bach benannt. Er ging davon aus, dass jede Krankheit eine seelische Ursache hat.
Bachblütenessenzen enthalten nur die energetische Information der einzelnen Blüten, sie wirken aufgrund ihrer Schwingung. Diese wundervollen Blüten können seelische Blockaden auflösen, sie fördern unsere Intuition und regen die körpereigenen Selbstheilungskräfte sanft an.
Der Weg zu uns selbst und unserer inneren Intuition wird erleichtert, wenn das seelische Gleichgewicht wiederhergestellt wird.

Bachblüten sind für jeden Menschen geeignet. Ihre Einsatzgebiete sind sehr vielseitig. Um nur einige Beispiele zu nennen: Ängste, Trauer, Ziellosigkeit, Stress, geistige Erschöpfung ...
Sie sind die ideale Unterstützung zur Wiedererlangung unserer inneren Harmonie. Meist werden individuelle Mischungen aus verschiedenen Blüten eingenommen. Es sollten allerdings nie zu viele gleichzeitig sein. Nach meiner Erfahrung sollten maximal vier bis sechs Blüten auf einmal angewandt werden.
Bachblüten haben sich als große und wirksame Helfer in meiner Arbeit in der Sterbe- und Trauerbegleitung erwiesen. Die Themen, die gerade dran sind, werden durch sie auf sanfte Weise angeregt und zur richtigen Zeit aufgelöst. Bestimmte Situationen lassen sich nicht verändern. Was wir aber verändern können, ist die Art und Weise, wie wir damit umgehen. Hierbei sind die Bachblüten eine

große Unterstützung.
Ich möchte dir hier einige Blüten vorstellen, die sich in meinen Augen besonders gut eignen. Am besten ist es natürlich immer, sich jede Situation individuell anzuschauen und danach die passenden Mittel auszuwählen. Im Zweifelsfall such dir Unterstützung bei der Auswahl deiner Blüten – es gibt viele Wege, die für dich richtigen zu finden, durch Lesen der Beschreibung, aber auch über feinstofflichere Wege wie Auspendeln oder intuitives Auswählen.

Agrimony (Odermennig): Diese Blüte hilft dir, Kummer und Schmerz nach außen zu zeigen und nicht mehr runterzuschlucken oder nach innen zu verlagern, um deine Fassade aufrecht zu erhalten. Sie hilft bei Verdrängung, Konfliktscheue und Unruhe.
Aspen (Zitterpappel): Diese Blüte hilft dir dabei, dich mit dem Vergänglichen auszusöhnen. Sie ist auch hilfreich, wenn du dich schutzlos fühlst, und unterstützt deine bewusste Wahrnehmung.
Cherry Plum (Kirschpflaume): Wenn sich Gefühle stauen und nicht ausgelebt werden können, dann hilft Cherry Plum. Diese Blüte unterstützt dich dabei, innere Spannung abzubauen und die Angst vor Kontrollverlust loszulassen. Sie sorgt für den Fluss unserer Gefühle und vermeidet erneuten Gefühlsstau.
Gentian (Bitterer Fransenenzian): Diese Blüte schenkt Zuversicht und Urvertrauen. Sie hilft dir, wenn trübe Gedanken über dir schweben und stärkt das Vertrauen in den Fluss des Lebens.
Holly (Stechpalme): Holly hilft dir dabei, deinen inne-

ren Frieden zu finden. Sie öffnet das Herz für die Liebe zu dir selbst und anderen, sodass Wut, Ärger und Abwehr keinen Platz mehr finden.

Mimulus (Gefleckte Gauklerblume): Diese Blüte vermittelt dir, dass du nicht alleine bist. Diese Blüte passt gut, wenn du konkrete Umstände oder bevorstehende Ereignisse fürchtest.

Mustard (gelber Ackersenf): Wenn Schwere und Traurigkeit dich überschwemmen, dann ist Mustard die richtige Unterstützung. Sie hilft dabei, Trauer anzunehmen und zu verarbeiten, und erhellt Geist und Seele.

Rock Rose (Gelbes Sonnenröschen): Diese Blüte ist in Ausnahmesituationen und bei großem Stress und Angst hilfreich. Das gelbe Sonnenröschen ist deshalb auch in der „Notfallmischung" (Rescue- Tropfen) enthalten, auf die ich weiter unten eingehen werde.

Star of Betlehem (Doldiger Milchstern): Auch diese Blüte ist in der „Notfallmischung" enthalten. Sie bringt Trost, wenn der Schmerz zu groß erscheint. Diese schöne Blüte empfehle ich vor allem Angehörigen, die einen lieben Menschen auf seinem letzten Weg begleiten.

Walnut (Walnuss): Wenn das Loslassen schwerfällt und du eine Situation nicht annehmen kannst, dann hilft die Walnuss. Sie hilft, zu akzeptieren, was ist, und anzunehmen, was kommt.

Willow (Gelbe Weide): Willow hilft uns, unser Schicksal anzunehmen und uns damit auszusöhnen.

Sweet Chestnut (Edelkastanie): Diese Blüte lässt uns die Grenzen des Menschenmöglichen erkennen und akzeptieren.

Olive (Regenerationsblüte): Wenn wir körperlich und

seelisch ausgebrannt sind, verhilft uns diese Blüte zu neuer Kraft, Erholung und Stärkung.

Rescue-Tropfen
Die Notfallmischung ist eine Kombination aus folgenden 5 Blüten: Star of Betlehem, Rock Rose, Cherry Plum, Impatiens, und Clematis. Sie wird bei Notfällen angewandt wie: Unfälle, Lampenfieber, Geburt, vor und nach Operationen, nach Todesfall, und bei Ängsten.

Deinen eigenen Weg finden

Zum Abschluss möchte ich gerne noch betonen, dass es wichtig und notwendig ist, deinen eigenen Weg der Trauer zu finden. Dieser Weg kann für Außenstehende manchmal schwer nachvollziehbar oder sogar erschreckend sein. Doch nur du selbst kannst wissen und fühlen, was du brauchst, um wieder zu heilen.

Du bist Mutter, auch wenn dein Kind niemals das Glück hatte, das Licht der Welt zu erblicken, oder die Erde frühzeitig wieder verlassen hat. Du hast das uneingeschränkte Recht, dein Kind, und sei es auch noch so klein gewesen, als es dich wieder verlassen hat, als dein Kind zu bezeichnen. Und du hast das Recht zu trauern, zu weinen und dich von deinem Kind zu verabschieden.

Und ja, es ist dir erlaubt, dir professionelle Hilfe zu holen. Denn oftmals ist gerade eine Person, die deinen Schmerz aus einer eigenen ähnlichen Erfahrung heraus nachempfinden kann und/oder sich seit langem mit den Themen Verlust, Tod und Trauer auseinandersetzt, eine größere Unterstützung als dein Umfeld, das deinem Leiden hilflos gegenübersteht.

Ich hoffe aus ganzem Herzen, dir mit meinem Buch ein wenig geholfen zu haben, dir das Gefühl gegeben zu haben, dass du nicht alleine bist.

Isabel Lopez-Kubben

Dort in weiter Ferne
Da leuchten Mond und Sterne.
Ich weiß, dass du dort oben
bist ewig aufgehoben.
Nichts kann uns jemals trennen,
weil Seelen sich doch kennen.
Du bist ein Teil von mir.
Bist du auch dort und ich bin hier.
Ich kann dich nicht berühren.
Doch Seele kann dich spüren
Du bist mein Licht, du bist mein Stern.
Sind uns're Welten auch so fern
Wir sind verbunden, sind verwebt.
Ich weiß, dass deine Seele schwebt.
Du bist jetzt leicht, bist schwerelos.
Bist engelsgleich und riesengroß.
Du bist jetzt pure Energie.
Tief in mir drin, da fühl' ich sie.
Da ist die Trauer, ist der Schmerz.
Doch du schickst Liebe mir ins Herz.
Du kannst mir Trost in Seele malen.
Mit milden, warmen Sonnenstrahlen.
Mit einem Lächeln, ist's auch klein.
Du wirst niemals vergessen sein …

©Lydia Ruckensteiner

Literaturverzeichnis:

https://www.sein.de/das-lied-deiner-seele/ 18.11.17.
Praxis Aromatherapie von Monika Werner, Ruth von Braunschweig Selbsthilfe mit Bachblüten von Daniela Latzko

Und plötzlich ist alles anders - Trauernde Kinder begleiten - Oliver Junker

Inspiration & Wegbegleiter
Gynäkologe Dr. Farmini Armando- www.drfarmini.com
Bianca Leierer – www.spiritbirth.at
Claudia Fuhrberg – www.aufstellungs-art.at
Martin Fuhrberg – www.fuhrberg.at
Irene Gira-Marl – www.irema.at

Für den Inhalt verantwortlich Isabel Lopez-Kubben
Mail: office@lebenskunst-isabel.at